雨季想你在我的墨色

序 輕量古典，溫潤哀愁

詩人 崔舜華

初讀楚影的詩，以為這名年輕寫者必定出身於文學院，不但自稱楚國大夫，詩更寫得委婉纏綿，活脫脫一個年少而老成的善感詩人。

即使一副蒼白清瘦的骨架，深而漆黑的眼睛，使他像極了浸淫文學知識體系的文藝青年，然而楚影並非我所揣摩般那樣簡單：他選書自讀，讀久而寫，且他所選竟非語言較易讀之現當代文學，而是連一般中文系學生都感到難以全解的《詩經》、《楚辭》。

字裡行間充滿著對古典文化的深深眷戀，古典是楚影寫詩的養分，也是自身向內的靈明自省，並轉化為詩人面對生命、面對情感、面對世界時的某種強烈自覺。

這種強烈的自覺性因飽蘸憂愁，化身為詩後，而予人感覺近乎某種善良的自戀。濃烈的抒情性格與懷古情結，於焉成為楚影創作的重要標幟。如讀〈九歌〉與〈有鹿在我的眼睛〉兩首詩——

6.

你不是不喝酒
是拒絕放縱。只相信月光之後
會有最冰潔的朝露
安慰孤獨

7.

為了追求真實

我重蹈你做過的事：
大膽地擁抱理想
也當然得到等量的受傷

8.

何須再問那群
一直深睡的鬼神？
把占卜扔在一邊。所謂命運
不過是重疊我們的黃昏

我回首看見有鹿
自芊自蒿自芩之最深處
以輕如絃歌的腳步
穿越遙遠的時間跟隨而來
目光彷彿正等待

——節錄自楚影〈九歌〉

一段被關愛的韻白
……
相遇如果是前世的承諾
那我不能再因為錯過而寂寞
即使慚愧也決定轉身
在秋毫初生的頭頂俯吻
淚落滿襟，傾聽
有鹿在我的眼睛裡哀鳴

——節錄自楚影〈有鹿在我的眼睛〉

乍讀之下，除了佩服詩人的精熟用典，也不得不注意到：楚影的詩並非直接的引用或複製，而是經過重重的濾淨，以及對語言的慎選，方有了如此乾淨妥貼的詩歌。所以，並不能簡單地將楚影的詩與坊間其它懷古引典之作相提並論，楚影的古典極其真誠，展現為他獨有的溫柔傾訴。

因為真誠，所以輕盈，使楚影之詩有如蚱蜢之舟，輕重剛好，恰到分寸。

即使詩思老成，但畢竟年少善感，楚影的詩中亦常出現戀愛的哀愁與專注。楚影善從主觀敘事下筆，任世界之大，其詩亦僅對一人而說，這樣的全心投入，使思慮更深，下筆更濃——

因為擁有一致的脈搏
所以無論想得少還是多，而我
都會在這裡聽你說
關於世界的百無聊賴
儘管對我擲來
讓我隨手接過將它們
徹底崩壞，碎成天上的星辰

我可以用微笑交換
或說鑽了木取了火那般情願
竭智為你去承擔
那些感傷節外的不勇敢
畢竟我無法再允許你

如你不准我面對幽微的自己
我們的愛不會滅絕
我們擁抱得很果決

——楚影〈我都會在這裡聽你說〉

無論是奉獻愛情的專注熱烈，南國楚地的險川哀風，或是北方詩歌的直白樸熟，楚影的詩始終維持著一貫的書寫風格。用喻精緻，語言溫厚，以此寫愛，寫生，寫醉，寫死，寫一個青年，在語言裡日漸老成的溫潤哀愁。

註：本篇收錄自《你的淚是我的雨季》。

目次

序　輕量古典，溫潤哀愁／崔舜華　2

昨日之島

昨日之島　15
我等你　16
敘述　18
九歌　20
你的淚是我的雨季　24
臣服　26

你是一個擅長傷心的人 28
就當你也去旅行而忘了告訴我 30
有鹿在我的眼睛 32
就讓時間儘管遙遠 34

我寧願不知道很多

我寧願不知道很多 37
還有眼淚就會想保留 38
我知道這是最接近你的 40
我唯一能為你做的事 42
看似明朗的世界依然 44
再過去就是另一個季節 46
是你讓我終於相信 48
這不過是我以為 50

我在你到不了的南方　52
今夜，做一個行草之人　54

流年之內一個人負責

流年之內一個人負責　57
接近你　58
詩讓我明白的事　60
此刻我應該想念　62
我擁有整個王國的心事　64
你還是我最溫暖的王國　66
因為是你而我願意　68
從此　70
裸露的意義　72
你靜靜的讓自己　74

日常

日常　77
我來到了你的祕境　78
我們知道遠方　80
更多的啟示——致辛波絲卡　82
時間總讓人澈底明白　84
你的神采依舊憂戚　86
為了一次比一次更愛你　88
牽著手成了愛人　90
極其喜歡　92
誰都不用再問了　94

即使世界都在沮喪的時候

即使世界都在沮喪的時候 97
我要告訴你一種哀傷 98
留存 100
凝視時間捨我們而去 102
危邦 104
似雪的沉默 106
想你在墨色未濃 108
回音 110
節度使 112
沉吟 114

在時間的邊界

在時間的邊界 117
落櫻 118
是緣故有你的夜裡 120
用無效的偽裝感慨 122
明月天涯刀 124
我從一場陌生走來 126
原來我所守護的 128
無非是因為文字記得 130
在海另一端的海 132
塵世裡是這樣 134
後記　如此而已 136

我已不能去分辨破曉
過後。是你，還是我變成了島

海是夢永恆的依賴了
而我們就這樣記得
每一朵浪花
為了警惕自己，將一生反覆拍打
如瓶守著一個遠方的天涯

你說昨日在昨日之外的
昨日裡的遙遠且如一場驟雨的深刻
關於傷痕，我又該怎麼回答呢
畢竟今天抑或明朝都留不住
一座島披著晨色的霧走入
回憶的深處

昨日之島

我等你

白日將盡，我在眾人都醉了之後等你。

僅僅看著你似笑非笑
原來生命可以這麼蒼老
那麼巨大
如一方我望不盡的天涯

當信仰已經傾圮
再怎麼祝禱也救不了自己
你細細地向我解釋
一身的理想如何浸濕

且殷殷為我指示
政治是一首碰不得的史詩

縱然是碰不得的事
你仍把殺身寫成了情詩
跟我交換眼淚的祕密
而我讀懂你的訊息
就像花一般的美麗
可惜只盛開於夏季的江底

白日將近，我等你在眾人都醉了之後。

敘述

在別人臉上看到
與自己雷同的微笑
尋找以及思考
是擁抱答案的必要
那麼在流浪的過程，我
一定錯過太多

我知道每一對眼睛
有著眨了就隱匿的祕密，或者是夢
或者是風景，也會
不小心忘記如何面對

自己小心偽裝而崩潰
等待解讀的淚水

總是把散落的詞彙一個個點收
以備言罄的時候
背著哀傷走了多久的路
卻無從敘述

九歌

1.

我們都曾經
寄居在幽暗且溫暖的水境
也默契地用無言
來抵抗對蜚語的厭倦

2.

一個句號死去
就有一個問號繼續

困惑思考。你應該還有很多
話，想藉文字訴說

3.

世界裡你始終存在著
這是無庸置疑的
就像知道眼淚
是一種不用明說的心碎

4.

不為人知的寂寞太多
想防守也無從辯駁
昨日的回憶總是悄悄
擊潰你我的微笑

5.

總是遺忘
不了那些刻骨的迷惘
也注定靈魂的流浪
是沒有止盡的漫長

6.

你不是不喝酒
是拒絕放縱。只相信月光之後
會有最冰潔的朝露
安慰孤獨

7.

為了追求真實
我重蹈你做過的事：

大膽地擁抱理想
也當然得到等量的受傷

8.

何須再問那群
一直深睡的鬼神？
把占卜扔在一邊。所謂命運
不過是重疊我們的黃昏

9.

你早已疲累地閉上眼睛
無視身上的苔色自顧自雋永
而我會以詩化的今生
替你看遍，每一場雨後的天晴

你的淚是我的雨季

慣用命運書寫自己
我們的夢都同樣纖細
終究不忍見你徘徊汨羅
我願是你吟詠的一句句磅礴：
如嗅著的墨香暈開了你的苦笑
如被切丁的文字有苔蘚的味道
如歲月停在懷石上確鑿著記號

你欲挽留的那段錦繡玉帶
厭惡地將你的喉結切割
於是你的長夜如一首悲歌

空氣也瀰漫晨霧般的滄桑
朝露更凝結落寞的寂靜
霜降你一場永無春暉的寒冬……

我三絕之後明白你雲翳的鬢角
每根髫鬚都是雷動的隱喻
就讓我賦詩為你重新起草
轉化你被扯散一地的理想
和踽踽獨行的方向——

情緒洶湧了千年別再壓抑
脆弱如你的淚是我的雨季

臣服

沒辦法那麼接近
和你討論一個吻
以及擁抱應該幾許溫柔云云……
暗中共同起草的承諾
雖然衰敗在季節的折磨
卻靜靜成為心靈居所
最不可滅的燈火

然而你已選擇成為蝶翼
將最初的蛾眉摒棄
能夠看透隱喻的雙眼

從此祕而不宣
投身一切可能或自破的流言
例如整城都是輝煌的春天
立足的方寸卻仍然沍寒

我並沒有臣服過什麼
但情願你君臨的神色

你是一個擅長傷心的人

百花倘若不是盛開
或者沒有保鮮的期待
那麼請不要澆我以愛
我無法承受
躬親收拾凋零的時候

但就輕信了你的語言
自縛在委婉的繭
苦苦突破後才發現
沉默是一種最好的對談

你是一個擅長傷心的人
手法如山嵐般絕倫
可愛亦復可恨
那麼就把清晨回歸清晨
讓餘溫忘記餘溫
將黃昏還給黃昏
彼此的名字再也不懂如何發音

就當你也去旅行而忘了告訴我

前世你打傘走來
只因我在這等待
離別時互相囑咐一種確認
未料今生的靴都已磨損
精魂縱然長存，而我們
也成了慚愧的情人

給自己一個充滿勇氣的擁抱
畢竟我需要以訓詁推敲
暮靄所書寫的詩
該交託哪片楚天收拾

夜雨還能洗滌嗎
關於孤雁悲戚的天涯

星星依舊默契地眨眼
還記得幾個心願
身處赴約後草原的廣闊
我忽然覺得有點寂寞
明明如月，何時可掇
就當你也去旅行而忘了告訴我

有鹿在我的眼睛

我回首看見有鹿
自苹自蒿自芩之最深處
以輕如絃歌的腳步
穿越遙遠的時間跟隨而來
目光彷彿正等待
一段被關愛的韻白

但我不會鼓瑟，此心
尚存的只有對旨酒的痛飲
醉了就在長夜裡埋怨
亙古的星光太淺

33 昨日之島

君子這般失路
還要亦步亦趨嗎？親愛的鹿

相遇如果是前世的承諾
那我不能再因為錯過而寂寞
即使慚愧也決定轉身
在秋毫初生的頭頂俯吻
淚落滿襟，傾聽
有鹿在我的眼睛裡哀鳴

就讓時間儘管遙遠

看著落下的文字楚楚
可憐過去的眉目
如果我可以
毫不猶豫把眼淚都還你
那就不會有人再問
承受的意象是怎樣傷心

至今已是轉身很久的時刻
就算彼此如魚一般涸轍
再也不會遇見了
我們只需要記得

愛情病亡在某次蒸發
致用雲朵的瀟灑
化為一場任性的雨季
不停打溼自己

禁止一切的徘徊
你知道這就是我的姿態
無論你會不會有後悔
我也不想再披著月光獻媚
就讓時間儘管遙遠
聽江湖的水聲不斷

遇見衰敗的蝶翼，想必
罪魁是太重的無題
而我也不再對你
始終過於美好的眼神
有一千種詢問
反正時序已近黃昏

那些解讀不了的什麼
蛹變成各式的晦澀
我只能用易於書寫的悲傷
保護燭火脆弱的光芒
畢竟你早已決心不在意
我們共處風中的關係

我寧願不知道很多
也不想在明白之後沉默
為了治療負傷的自己
原諒我必須千方百計
從每個可能的觸發裡
燃燒適度的愛情消滅你

我寧願
不知道很多

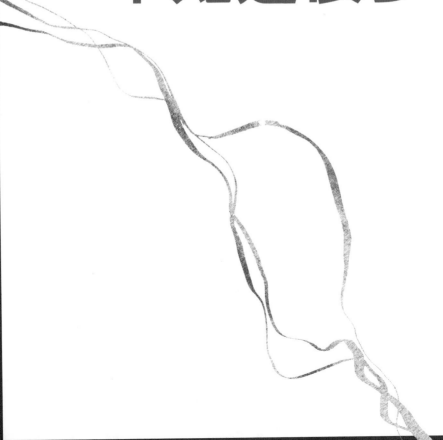

還有眼淚就會想保留

「魚在在藻，有莘其尾。王在在鎬，飲酒樂豈。」
——詩經・〈魚藻〉

你泅離了我的秋水
在別的青春裡喝醉
招呼城市的空氣
已如失去熟悉的陽光沒有暖意
即使背抗拒背成為陌生人
仍然會感到傷心

我說不出夢的顏色
事實上是無從揣測
面對波動般流逝的時間
我們都害怕眨眼
於是雨季好久好長
神采也忘了自己該如何飛揚

還有眼淚就會想保留
他日療傷的溫柔
我截身裝備文字成了魚
你勢必化為魚的情緒
然而多情總是自作，興許
這該當一場相反的結局

我知道這是最接近你的

想護花但不願凋成春泥
終於到來的分離
無人留在原地，各自躡起
如貓的腳步流浪自己
那樣安靜那樣容易
帶走或放棄街頭的回憶

雖然身上所負的傷
未必已經遺忘或原諒
有朝問候好久不見最好
彼此都卸下頑強的微笑

最好霜雪般面無表情
卻讓百感糾結由衷

風再輕微仍然可以
承載想表達的心意
我知道這是最接近
你的一場雨最接近
我們的眼淚和以為
比雲還淡的無所謂

我唯一能為你做的事

「西亭翠被餘香薄，一夜將愁向敗荷。」
——李商隱·〈夜冷〉

總是在想像中耽溺
倘若可以喪失追憶的能力
那還有什麼無法忘記
從此也不用在意
下一刻誰將離開，醒來
之後要面對多少明白

但是我們已經走遠
各自悵惘約定的明天
敞開手心只剩虛無
想問你是哪條情緣的紋路
就算背棄真實也要
假裝歲月一切安好

我唯一能為你做的事
就是讀過一千首詩
憑著衰敗寫下思念的絕對
把季節依序粉碎
不再允許自己為了你
成為夜半空洞的夢囈

看似明朗的世界依然

九垓仍舊揚起楚風
你早就不在江心的水聲
已經懂得對人生放棄
所有懷疑，甘願漂蕩異地
笑我是盡忠職守的
配戴各式文字在舞蹈的巫者

未曾背叛過我的六情
和你一樣屬於暗語的面孔
有人破解最好，無知也罷
書寫是孤獨的不是嗎

我們無法跟夏蟲對談
關於冰雪沒有溫暖

沉默就好。你以古老的魂魄
寄託達觀的希望於我
卻只能感到百般
悲傷啊一如從前
看似明朗的世界依然渾沌
且可笑得過分

再過去就是另一個季節

就算古老的文字多麼陌生
我也能解讀一些表情
例如白露是因為蒹葭哭了
而你是不會知道的
津涯的難過正值蒼蒼
一路衍生寂寞的方向

腳印留下，意志離開
北風嘲笑我們走得草率
星辰恪守時間的羅列
再過去就是另一個季節

47　我寧願不知道很多

沒有誰可以真正忘卻
昨夜至今紛飛的霜雪

認輸而黯淡的思想
曾經如日陽那般輝煌
我為你明白愛
我為你失去愛
約定有聲卻已然瘖啞
還記得它說過什麼嗎

是你讓我終於相信

寫我未必也清楚的詩
是記得你的方式
跋涉詞語的所有
盡可能安撫夢不再顫抖
其實最怕沉默
狠狠的從意義上走過
驚醒回憶倏然
向思念的天際飛遠
含笑茁壯的悲傷
總是會在某個時刻綻放

我們因為這樣
趨勢的傷痛而知己
知彼變成空盪的遺跡
又聽說百花若墜
不可以用眼淚奉陪
否則就要埋葬溫柔的殘存
是你讓我終於相信

沒有足夠的恨
就不要去愛一個人

這不過是我以為

一種書影適合一座
青燈對抗黑夜的寂寞
你該知道在掩卷時候，我
會成為如此的寄託

但這不過是我以為
其實你偏愛約定的幽微
交換的眼神如墮煙霧
究竟是誰不夠清楚
脈絡曾經重疊的手掌
還能聯袂哪個方向

抑或勇敢地自行卸下偽裝
承認因緣止於悲傷

行走回憶中的回憶
盤桓轉意裡的轉意
看沫雨成為萬壑顰眉的祕密
即使到達彼岸的我們
寧願是最初的陌生人
讓弱水三千能少一瓢傷心

我在你到不了的南方

我在你到不了的南方
寫你不會懂的夕陽
經歷多次的遷徙
決定把自己藏在這裡
建造文字墨守的孤城
冷淡昨日的夢境

雖然是一種放逐
卻愛上如此的義無反顧
我在你到不了的南方
寫你不會懂的夕陽

有時默許想念的月光
滲入疼痛的胸膛

風像風那樣輕快走過去了
從此沒有留下什麼
擷取適當的意象
拼湊最接近心聲的波浪
我在你到不了的南方
寫你不會懂的夕陽

今夜，做一個行草之人

今夜，做一個行草之人
呼吸都是酒的氣氛
聚天下的文字揭竿
而起，解救失意的情感
所到之處皆成水澤
不存犯罪的心誰奈我何

髮觸即斷的刀劍只認得不義
更足以用來對我警惕
記得一輩子將節操栽種成
松林遍及尚未發生的逆境

在風經過的時候能夠侃侃
訴說夕照下受傷的容顏

給自己帶上最好漢的笑
說過赴湯也要把蹈火做到
那些我不再有興趣的
就真的與我無關了
以後，是一個行草之人
無畏地去相信愛與恨

曾經以為有那麼一些
約定能夠不被風雨傾斜
關於強烈的執著，特別
是在遇到分道的完結

儘管不讓自己，輕易
見到輕易離開的你
還是只能選擇記得
那些相處的時刻
在流年之內一個人負責
遷移時感傷的神色

此去，不再涉及你的風花
也不必掛念我雪月的天涯
總要回歸平靜，偶爾用
我們都熟悉的歌提醒
愛你的日子雖短
卻足夠讓我輾轉

流年之内
一個人負責

接近你

傷痕終究會促使心坎明白什麼
如一場撥雲的
見日襯托生命而微笑著
是的，只能謝天了
關於相愛的意義
每次用擁抱接近你
我就更清楚自己
什麼應該努力
什麼應該毫不猶豫的遠離

59　流年之內一個人負責

詩讓我明白的事

代替屈原與世推移，繼續
成為文字的巫者抒發情緒

淺嚐李白喝醉的月光
原來我們走在同樣的方向

發現浪漫造就詩的靈魂
且自信表達勝似拜倫

對辛波絲卡致謝函裡面
那些不愛的人感到更虧欠

思想的泡沫像紀伯倫的海洋
藏匿著莫測的力量

比艾蜜莉生前的詩幸福
深切明白寫作時的孤獨

最後，我會記得鯨向海說過
不要想得太多
好好當個無頭騎士勇敢
愛你，而無懼重重困難

此刻我應該想念

終於打破沉默的訴說
雖然避開狹隘走向廣闊
卻不得不斂藏更多

此刻我應該想念
不去在乎季節的遞嬗
忘記時間所需的睡眠
搜索記憶深處你的語言

微笑不是離別，這一切
仍是值得擁抱的世界

就算我們隔著秋水
相對無言，沒有眼淚
也不要太過接近傷心
把偽裝靜靜地取下，然後承認
夜裡我是將敗的荷
而你是欲墜的星了……

我擁有整個王國的心事

夜裡總是點燃一盞燈火
微照正值戍守的沉默
最深處裡無備的虛弱
我們也明白了月色
原來比昨日眷戀的
溫度更加貼近楚地的歌

縱然亂聲未曾四面
全部的季節都已闌珊
成為動人旋律讓你聽見
渲染我背著黃昏對流的容顏

焉知來生衣冠是否
如纖手新裁般依舊
我擁有整個王國的心事
而你是開啟九門的鑰匙

你還是我最溫暖的王國

我們可以阻絕雲翳的可能
不讓驟雨發生
卻往往在事後才懂
原來有時苦守的謹慎
是一把利刃
輕易地割傷靈魂

記得對不起。以及
將一個擁抱的意義
填滿所有的縫隙
為你解開謎題

不讓答案變成玻璃
然後沿著風走向你

整理好彼此的羽翼
我把我的勇氣
給你，不要菲薄自己
即使天色和情緒總是相左
即使眉間偶有雪落
你還是我最溫暖的王國

二〇一二年四月十五日
二〇一四年三月《創世紀詩雜誌・春季號》

因為是你而我願意

「很愛一個人，你會希望他陪你喜歡你的過去和未來。」
——張懸

身為一個流離之人
總是不再相信
褪去頑強的斷垣，以及
墨綠爬滿的殘壁
畢竟都已是陳舊的心事
一首失去音節的詩
但如果是你問起
我無須遲疑，彈冠振衣

將封藏的日子雪色般敘述
風雨如何飄搖沿途的苦楚

我撥雲提及的神傷
你以溫柔暖成一場終霜，讓
各自的疼痛同歸晴朗
卻記取江湖源自萬水
千山的光景有時讓人蹙眉……
因為是你而我願意
相信曾經的荒涼都能夠忘記
此情綿綿，天地終要深鎖
我們成為偕老的琥珀

從此

心情在轉身之後
往往易碎卻無法回收
你是要被封存的
念頭，僅此一個
而我不會再有所變更
隱微的傷痕知道，反正

走在季節的邊緣
就注定傾聽楚歌來自四面
我會牢記這日子和愛
如果沒有意外

又多麼希望你不曾存在
關於凋落的明白
你完全成為蝴蝶
從此不再與我吻別

裸露的意義

錯愕的疆界劃在昨天
昨天的疆界劃在去年
去年的疆界劃在從前
在最凝結的眼淚中發現
有些事情被迫變成了謊言
有人走進永恆的夜晚

看著海浪依舊湧來
在遙遠的窗外
裸露的意義導致我們
苦苦斑駁至今

崩壞如面對夕照時的沉默
我們只能這樣走過
然後憑藉生命的皺摺
體會什麼應該選擇

我們背負繁多的靈魂
靈魂卻已不需要我們

註：那一天是世界共同的時刻，寫在這裡：二〇一一年三月十一日。

你靜靜的讓自己

戲裡自刎永遠是假的
可我已經喜歡你了
你比誰都清楚
何謂美好的孤獨
揣著從一而終的心事
我想你也寫詩

別人說都知道了
卻往往不是真正知道的
沿著寒冷走到高處
任蜚語對生命解讀

你靜靜的讓自己
依靠傷口棲息

四月流轉而至的時候
你展現飛行的溫柔
就那樣睡著也好吧
從來不需要回答
愛是奮不顧身
勇於拒絕世界的雜音

註：致小豆子，致程蝶衣，致哥哥，致所有彼此相愛的人。

餵了很久的貓
終於願意走到腳邊撒嬌
單肩扛起背包轉身
夕陽如此接近
又過了一天的行走
你在街道的另一邊揮手
安靜的提袋裡有一本書，兩條
配紅酒吃的麵包

共進夜晚的胃口後我們依然
說話於浴室的鏡子面前
赤裸的交談
任熱霧瀰漫
知道嗎我親眼看見
濫觴的春暖
你淺笑線條還不夠明顯

我出門時你仍睡著
早餐準備好了
在桌上，工整地寫下便條
用你喜歡的磁鐵在冰箱上貼好：
「親愛的，今天呢，
　應該也是這樣有感的。
　柳暗花明，
　九死一生……」

日常

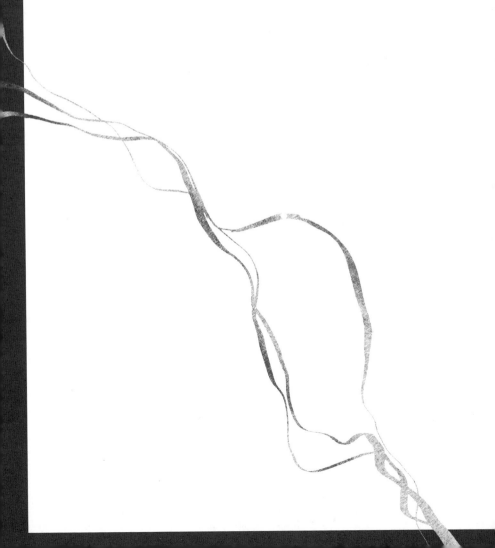

我來到了你的祕境

不一定需要寂寞
才能維持創作
為此我如入深豁
瀑布自己
或者乾涸見底
也萬分願意

雖然有著徬徨的曾經
柳暗終究花明
我來到了你的祕境
泉湧的感動

總是讓淚水背叛眼眶
卻不令人悲傷

於是我們知道
透過擁抱
花開和雪落的時候
都存在了溫柔
幸福深刻的像是
不分彼此的詩

我們知道遠方

這世界的傷害和夢
層出不窮……
雖然有星星坐鎮夜空
畢竟太遙遠了
所幸困窘的時刻
你是最明亮又接近的

認同的手緊握著
風吹來了，雨落下了
還有一些
情緒需要耐心關切

我們知道遠方
會有霧和雲散去的晴朗

問我為什麼笑呢
答案你已經不惑了
相視的眼神
總是傳達一種信任
我們就算繁華落盡
還是在彼此身邊的人

二〇一三年三月二十一日
二〇一三年十二月《創世紀詩雜誌・冬季號》

更多的啟示
——致辛波絲卡

死亡沉默的表情，
從來沒有不同，
世界依然轉動，
你我在詩裡重逢，
為此，一個問候的靈感，
介入我們之間。

關於這樣的時刻，
雖有千金亦不可得。
我還寫著詩，

你還是和煦的解釋，
像陽光一般的真實，
留下更多的啟示。

如果有所遺忘，
你說請對沮喪。
我問那什麼應該記得？
你微笑著：
珍惜的幸福，
書寫的孤獨，
以及相信
愛——生而為人，
必須的責任。

註：維斯瓦娃・辛波絲卡（Wisława Szymborska，一九二三年七月二日－二〇一二年二月一日），波蘭詩人，一九九六年諾貝爾文學獎得主，公認為當代最迷人、最偉大的女詩人之一。

時間總讓人澈底明白

「天上風箏在天上飛／地上人兒在地上追」
——蘇打綠．〈無與倫比的美麗〉

掙脫百般侷限
從此只信仰一種字眼
如果我可以飛
卻不希望你追
我要我們一起勇敢展開
衝破雲翳的姿態

一身浪漫還是會擔心
我和你一樣想問
迢遙的方向該用什麼指引
可是冒險不就是這樣嗎
任憑誰都無法
斷言接下來會遇見的天涯

時間總讓人澈底明白
有些美麗不再歸來
那終究是要遠去的
但也知道自己能夠相信著
倘若是你在蒼穹之上
我不會有落單的悲傷

你的神采依舊憂戚

又到喚醒你的時節
這是我對墨客一生的定約
你的神采依舊憂戚
隨手把昇平的簾幕揭起
要我明白並且傷悲
眼前國都的垂危

你說病早已膏肓
誰先醉了，就能入夢一場
縱然彈冠也表示不願旁觀
卻在涉世後發現

我和你一樣感到心痛
痛和你一樣屬於永恆

火熱時得到半個烙印
餘下的便往水深去尋
楚的理想啊理想的楚
遙想你當年勇敢的每一步
讓我也決定好好保護
我的美人，我的遲暮……

為了一次比一次更愛你

如果你沿著明白走來
就會微笑我的等待
鑲嵌星光的約定在堅持裡
雖然微弱卻沒有懷疑
即使黯淡我們也可以趨近
趨近更真實的我們

沒有遺忘，謹守方寸
然後繼續相信
在某一個早晨，你的
以及我的淚水都變甜了

沒有別人知道
我們無視世界在擁抱
為了一次比一次更愛你
我是我自己的情敵

牽著手成了愛人

回想那個時候
試探如投石入池的感受
我還沒有意識
能夠為你寫下什麼詩
你也尚未確定
是否讓我走進生命
彼此憑恃僅有的勇敢
決心用微笑看待明天
就牽著手成了愛人
面對戰爭和共寢
趁眼淚乾涸之前

明白了裡面
有玫瑰般的疼痛
以及銀河的寬容

極其喜歡

曾經到過深淵
而今走來沒有惘然
往後也是並肩
向前的步伐已經熟練
如無懈可擊的詩句般
蘊藏迷人的柔軟

早就在那一刻開始關心
所有的情緒並且結論
界線模糊的季節
無妨記憶持續的書寫

對於幸福的理解
特別是我嚴重朝你傾斜

極其喜歡等待時
你像小貓看著我的真實
極其喜歡你像小貓
快樂地對著我笑
極其喜歡這樣的快樂
因為彼此而不用解釋什麼

誰都不用再問了

我知道有些羊群
並不像雪那般單純
這件事實的確令人傷心
但我已遇到一種眼神
並且義無反顧地相信
甚至賭上一生的勇氣去負責
誰都不用再問了
夢想面前的世界是一座巨大的風車
而我是你的唐吉訶德

二〇一二年二月七日
二〇一四年六月《創世紀詩雜誌・夏季號》

95　日常

無須南飛，有枝可依
我們逐步認識自己
因為季節而懂了體諒
所以我願意幫你斂藏
疲累已久的翅膀
一如往常

我們輕易又慎重的繼續
在生活裡解釋隱喻
試圖馴服乖張的情緒
偶爾會弄疼貼心的話語
但從來不曾遺忘
溫度所需的擔當

有些日子的天氣總是迷糊
有些日子適合閱讀
彼此，更勝於蟄伏
即使世界都在沮喪的時候
我也不會棄守
關於愛你的念頭

即使世界都在沮喪的時候

我要告訴你一種哀傷

「醉裡挑燈看劍，夢回吹角連營。」
——辛棄疾．〈破陣子．為陳同甫賦壯語以寄〉

我要告訴你一種哀傷
於是把命運當成飛霜
落在你的劍上
燈火通明照著
卻都不是自己的事了
在這樣的時刻
夜晚預期般的冷
來回踱步，歸屬不確定

是在哪一場夢中

面對月光學會隱忍
如何更愛一個人
我將你靜靜放在胸襟
成為無須詮釋的
典故在歲月裡跋涉
只是也不再輕易提筆寫下
曾經的天涯

等待敘述的那一邊
就留給曲折的時間
或許會驀然
被某一些詩句提醒
或許更像純粹的陌生
深信白駒已去
餘音都化為生活的情緒

留存

「咽咽學楚吟，病骨傷幽素。」
——李賀・〈傷心行〉

在傷心的天涯
你困惑過誰的名字嗎
無數次的默寫
或許部分忽略
仍然願意筆走抒情
曾經倚靠的身影

可能是遺忘了死心
把美好的隱喻留存
例如尚未縫補的追問
晴朗陷落的黃昏
都近似容易折疊的言論
交付解讀的磨損

所謂甘心的夜晚
我將秉燭踏勘
讓等待許久的詩句
指引失序的風雨
回歸熟悉的思緒
即使昨日已恍若廢墟

凝視時間捨我們而去

總以為讀一本腐朽的詩集
就能將刺痛的愛拋棄
可惜遺忘從來不是
這樣簡單的事

我知道把夜琢磨
會得到最圓滿的沉默
更明白有些感覺正如潑墨
不需要特別解說

但我還來不及反應什麼
在一顆星星獨力爆炸的
時刻，你就變成了
從銀河摔落的字句
凝視時間捨我們而去
各種傷害是情緒不同的逆旅

倘若這是你的抉擇
我也只能如此記得

危邦

本不應該踏入
為了探究誠實的深度
於是走著混亂的街道
分辨相似的擁抱
哪些是真正平靜
不屬於激情後的電影

值得凝視的面容
也許是誰陷落的感動
為此留下的種種痕跡
都決心變成祕密

從位置起身的
不過遺忘或者記得

以為學會寫詩就能夠
接近核心的哀愁
這天色將雨，更多
雲起時的寂寞
舉目所及的枝葉皆不言
風是唯一的破綻

似雪的沉默

我該怎麼留下你
在一如往常的日子裡
確認適合的鋒芒
走入光景最安靜的地方
任憑衣袖沾上朝露
舞動暢快的劍術
幽幽恨著這世道的傷痕
充滿自己的心

我不會向你提出
千百個困惑的虛無

因為比起無患此生
想必你更情願不朽的可能
就算未來中或不中
你都深信
那正是長年所追尋
輝煌的命運

我知道你終究
要回報那紅色的哀愁
風兮風兮
壯士當飲易水，所謂知己
也無須千杯
聞歌就能一醉
讓流轉的聲音去醉滿座
杯觴的痛，似雪的沉默

想你在墨色未濃

想你在墨色未濃
那樣的永恆
但也僅止於一段抒情
回神後立刻拂袖，唯恐
找不到自己
無意之中卻因為你
讓衰頹的語言
在秋日次第蔓延

懷抱已經遠遁
你默認的眼神

夕陽下，曠野的南方
是我甘心流離的去向
那你的腳步呢
是否依舊直覺的
怕人尋問，低頭走入
意義煢居的路途
原來沒有說破的
偏執我們都做了

應該癒合卻破碎的年華
還能喚來什麼嗎
記憶無法回答
縱然是跟隨至今的傷痛
也只能替我們坦承
一行一行的形容
裡面完整的蹙眉
有飽滿的淚水

回音

「風簷展書讀，古道照顏色。」
——文天祥．〈正氣歌〉

這個時代的風雪
總是輕易冰封一切
從時間的天涯之地
吹來猶然如昔
我闔上字跡模糊的書
整理丹青的孤獨

不該黯然下去了
我把散落的星宿收拾著
一定還有什麼
是滿腔溫柔可以確定的
就像燭火明滅之時
自成一種啟示

典型之人啊究竟
擁有著什麼樣的表情
何以和眾多的文字交談
找到相信的語言
我知道夙昔有答案
而答案在明天

節度使

最豐饒的是星辰
映照思歸的心
再酷寒的無語的氣候
我仍要鎮守
傳說此地
曾出沒邊疆的詩意……

順著時間的脈動行走
昨日之去不可留
我趁歲月尚未褪色前
整頓殘存的情感

在闕外絕塵
朝內涵的意義追尋

或許真有輪迴
只是虛名都將沉睡
我可能是一條魚被哺養一隻幼鳥
一朵花絕望在大地的衰老
如今終於走到信史之荒
餘生匹馬單槍

沉吟

「月明星稀，烏鵲南飛。」
——曹操‧〈短歌行〉

聽說南方溫暖
而遷徙沒有所謂的門檻
誰來安慰北面
蔥蘢蔓延不止的斷垣
我記得你的腳步
總是朝風的去向深入

敘述一旦流傳
最後都會變成浪漫
綻放於歧路旁的花
這是你想表達的嗎
以雨中淚水般的眼神
悠悠我注視的心

枝頭上烏鳥的身影
像極了孤絕的曾經
圍繞著我的是你
終究不來的停留也是你
看見夜空仍然月明
星稀了夢境

終於又和你老去一些
終於我又比你更老一些
在時間的邊界
我們確認，和尋思不斷
如何在末日之前
柔和完整的溫暖

而我們必然
會在瑣碎之中看見
自己的容顏，雙眼
記得更多思念
所有的季節，戀人的話語
都將朝你而去

時間終於也成為了
我們所不認識的
我們穿越更多山脈
走過理想的桃林，承載
風景擁抱的璀璨
只能是你，在我身邊

在時間的邊界

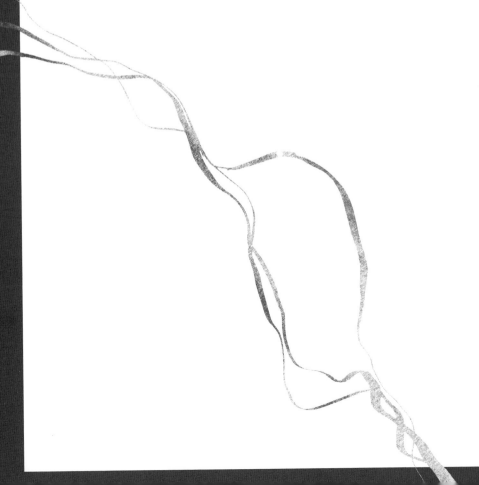

落櫻

該怎麼在有限的季節裡
敘述美的意義
如果這是人生
有什麼是時間已經
替我微微翻轉
並永恆地燦爛

幾場煙霧周旋
是抒情的渲染
我明白整個世間
不如露亦不如電

我知道我的活躍始終
不會只是一次夢境

相信喧囂的路徑
也是一種寂靜
景色只是早晚
我坦然其實的坦然
任何貪生都是多餘
風來的時候，我就死去

是緣故有你的夜裡

夜裡為你坐起，心神
披衣，是夢成為原因
開始順著脈搏
血的潛沒，思索
該怎麼在夢中尋你
而夜涼，確實有水的氣息

但這無法構成全局
我聆聽旋轉的情緒
聆聽，你的聲音
有關你如何走進

之間的遭遇，我的心
逐漸變化祕密的浮沉

就僅僅是緣故有你
我書寫，披衣而起
宣示想念的行蹤
卻落入遲遲未寢的夢
我知道遠方的水中
有月色，有你的身影
此刻輾轉，已然天明

用無效的偽裝感慨

我該怎麼辨識呢
哪些是善良的，何者
又應當是人人殲滅之惡
也許我可以理出答案
從溫室外的環境，然後用語言
陳述遠方還在遠方
各自擁有殘缺的理想

我無力此刻仍逢亂世
與你共同承擔如斯真實
例如陽光的不完整

隨處可見的陰影
談論彼此的夢境
在某些時間告別凋零
埋葬一切脆弱的可能

否定一些秩序的存在
讓沉默繼續成為誰的姿態
我不知道，我已放棄對白
用無效的偽裝感慨
今夜我不斷在悲傷裡復活
也在正義中死去更多

明月天涯刀

舊時還未老去
明月已儼然新句
斂眉本無聚
塵埃生步履
顧盼的一場雨
先降了遠方的墨綠

再篤定的敘述
細膩不過掩卷殘燭
天涯遞嬗無數
盡是別人來路

時間是往事的刀
邊緣豁然寂寥
遁形多少騷亂
卻忽略詩中藍田
尚可輕煙
總有一次日暖
是眼前的答案

我從一場陌生走來

我從一場陌生
走來，有淡忘的風
一些對立的心情
以致偏居書房的角落
眺望遠山之廣闊
如果，都屬於沉默

曾有過的潔淨
成了暮色的確定
倘若，那是我至今最好的
抒情敘事的時刻

你會再回首看我嗎
記憶或許有所對答
而我們都已然
瑣碎，被光陰掀動，重建

在感覺陌生之上
一切風景都將顯示哀傷
哀傷是誰的等候
修辭未至，沉默長久
看著你在我的歲月裡看著你
熟悉彼此的距離

原來我所守護的

想來是聽見了什麼話語
於是朝彼此走去
他人而言平凡的場所
我們駐足，經過
從此擁有片段
神采幸福的時間

如果往後我的心
及其思想的靈魂
能夠不惑原因
而感到一切滿溢的快樂

那必然是想起你了
在塵世裡我仍活著

任憑指尖指認輪廓
也足以聊勝沉默
原來我所守護的
就連凝視都是重要的
只有你懂得情理
能界定最完整的意義

無非是因為文字記得

當我和你說著
相同的語言，這樣的
時候，已是身形
化為生活之中
重複的自然
都是陽光過處的一天

那麼也許日子便是
如此的解釋
一些創造的儀式
對此格外蓄意

慎重地交給自己
再隨手不著痕跡

往後你想起此刻
無非是因為文字記得
如果遙遠得讓你遺忘
其實我也覺得無妨
當我對你說著感謝
現在代表了一切

在海另一端的海

在海另一端的海
一定有更平常的風景在等待
某一天我們即將
為了成全想像
不問之間距離而前往
一場和煦寧靜的日光

想像探求彼岸的此刻
我走到何處了呢
是在銀杏盛開的街道嗎
還是與你在細雪之下

討論所見的瑣碎，關於異國
總是難以讓人安於沉默

畢竟連一片落葉
也有值得眷戀的視野
都是美好鋪陳
溫柔地屬於彼此的心
於是此刻依然期待
和你前去，在海另一端的海

塵世裡是這樣

在季節的刻度之前
為你寫下成形的時間
感受流淌的陽光
明白塵世裡是這樣
擁抱溫暖，只因為身旁
存在著你的模樣

於是我們持續
編織日夜的話語
觀察花的盛開，然後逝去
珍惜成為啟示

那麼也就是印證的此時
當中有你我的凝視

而我們在此生活
面對一切繁瑣
莞爾或沉默，是為了完整
理想的共同
從容而確實的心
以及有關日子的餘韻

後記　如此而已

因為要從兩本詩集之中整理，我久違地重讀了自己的作品。出版後的這些年來，並不是沒有機會再看過，但也只是為了發文需要而尋找，至於埋藏在當中的心情，卻是鮮少再想起。

每一首我所寫下的詩，應該都到達了遙遠的地方，或者說，一個適合棲身的世界，然後在那裡，活成不一樣的輪廓。

畢竟我現在也是如此。唯一相同的，也只是想繼續寫下去的心情。

我打開檔案，以為依循之前規劃詩集的習慣，要選出六十首作品，應該不是什麼太困難的事，卻意外地發現，原本的好惡，在這十年裡，變得更加簡單，但這樣近乎直覺的改變，讓我突然對於一些作品，感到難以取捨，竟也成為小小的苦惱。

而我也因此覺得幸福。當時懷抱著「想出一本詩集」的念頭，如今已經成為屬於我的風景；而我此刻從這條路返回，原有的道標隨處可見，我逐一指認，發現更多言語都成為天際的朝霞，不特別為誰眷顧，就只是讓人會心。

沉澱在十年的時間裡，我從兩本詩集各選了二十五首，新增十首未收錄的作品，以舊序新記，作為這次的版本，反覆看過幾次後，才終於確定。

確定的過程，除了有替換一些詩，也聽見文字對我詢問：你還會寫多久？這其實不算初次自問了。每一次出版前後，或者是完成一首新作的時候，我總會意識到這件事，但是都沒有改變過答案，活著就會有感動，創作就沒有止境；今天，我走到第一個十年，然後，就是前往下一個十年，如此而已。

至於成敗利鈍，確實不是我所能預料的，我可以掌握的，也不過專注在眼前的路，懷抱一切相信的事物，繼續行走。

讀詩人172　PG3022

雨季想你在我的墨色

作　　者　楚　影
責任編輯　陳彥儒
圖文排版　黃莉珊
封面設計　張家碩

出版策劃　釀出版
製作發行　秀威資訊科技股份有限公司
114 台北市內湖區瑞光路76巷65號1樓
電話：+886-2-2796-3638　傳真：+886-2-2796-1377
服務信箱：service@showwe.com.tw
http://www.showwe.com.tw
郵政劃撥　19563868　戶名：秀威資訊科技股份有限公司
展售門市　國家書店【松江門市】
104 台北市中山區松江路209號1樓
電話：+886-2-2518-0207　傳真：+886-2-2518-0778
網路訂購　秀威網路書店：https://store.showwe.tw
國家網路書店：https://www.govbooks.com.tw
法律顧問　毛國樑　律師
總 經 銷　聯合發行股份有限公司
231新北市新店區寶橋路235巷6弄6號4F
電話：+886-2-2917-8022　傳真：+886-2-2915-6275

出版日期　2024年7月　BOD一版
定　　價　280元

讀者回函卡

Printed in Taiwan

國家圖書館出版品預行編目

雨季想你在我的墨色 / 楚影著. -- 一版. -- 臺北市 : 釀出版, 2024.07

面 ;　公分. -- (讀詩人 ; 172)

BOD版

ISBN 978-986-445-944-5(平裝)

863.51　　113006811